İlk Okuma

Filler

James Maclaine

TÜBİTAK
POPÜLER BİLİM KİTAPLARI

TÜBİTAK Popüler Bilim Kitapları 449

İlk Okuma - Filler
Beginners - Elephants

James Maclaine
Tasarım: Will Dawes
Resimleyen: John Francis
Ek Resimler: Tim Haggerty
İngilizce Metnin Bilimsel Danışmanı: Caitlin O`Connel-Rodwell

Çeviri: Zülfe Eyles

TÜBİTAK Popüler Bilim Kitapları'nın seçimi ve değerlendirilmesi TÜBİTAK Kitaplar Yayın Danışma Kurulu tarafından yapılmaktadır.

ISBN 978 - 975 - 403 - 682 - 4

Yayıncı Sertifika No: 15368

1. Basım Kasım 2012 (5000 adet)
2. Basım Kasım 2013 (10.000 adet)
3. Basım Mayıs 2017 (15.000 adet)

Genel Yayın Yönetmeni: Mustafa Orhan
Mali Koordinatör: Kemal Tan
Telif İşleri Sorumlusu: Tuba Akoğlu

Yayıma Hazırlayan: Şermin Korkusuz Aslan
Basım Hazırlık ve Son Kontrol: Melike Erol
Sayfa Düzeni: Ayşe Taydaş Battal
Basım İzleme: Yılmaz Özben - Murat Aslan

TÜBİTAK
Kitaplar Müdürlüğü
Akay Caddesi No: 6 Bakanlıklar Ankara
Tel: (312) 298 96 51 Faks: (312) 428 32 40
e-posta: kitap@tubitak.gov.tr
esatis.tubitak.gov.tr

Korza Yayıncılık Basım San. ve Tic. A. Ş.
Yenice Mah. Çubuk Yolu Üzeri No: 3 Esenboğa Çubuk Ankara
Tel: (312) 342 22 08 Faks: (312) 341 14 27 Sertifika No: 30233

Filler

ilk okuma

James Maclaine

ÇEVİRİ
Zülfe Eyles

İçindekiler

Jumbo devler

Filler, karada yaşayan en büyük hayvanlardır.
70 yaşına kadar yaşayabilirler.

Erişkin bir erkek fil, 60 insan ağırlığında olabilir.

Afrika filleri

Afrika filleri ormanlarda veya "savana" adı verilen geniş, çayırlık düzlüklerde yaşar.

Buradakiler Afrika savana filleri. Bunlar en büyük fil türüdür.

Filin, kendisini savunmak ve dal kırmak için kullandığı iki uzun dişi, ağzının iki yanından kıvrılarak uzar. Bunlara fil dişi denir.

Afrika orman filleri, sık ağaçlı, her yeri yaprak ve dallarla kaplı yağmur ormanlarının derinliklerinde yaşar.

Ormanlarda yaşayan bu filler, savana fillerinden daha küçüktür, dişleri ise daha düzdür.

Bütün fillerin buruşuk derileri ve devasa kulakları vardır. Filler serinlemek için kulaklarını yelpaze gibi sallar.

Asya filleri

Asya filleri, Afrika fillerine göre daha kısa ve daha hafiftir.

Başlarının tepesinde iki yumru bulunur ve kulakları da Afrika fillerininkinden daha küçüktür.

Asya fillerinin çoğunda kendilerini savunmakta kullandıkları fil dişleri yoktur.

Asya fillerinin farklı türleri vardır.

Hindistan ve Sri Lanka fillerinin vücutlarında pembe lekeler bulunur.

Borneo fillerinin ise çok uzun kuyrukları vardır.

Sumatra fillerinin derileri soluk renklidir.

Hortum oyunları

Fillerin, istedikleri gibi kıvırdıkları uzun ve çok güçlü burunları vardır. Buna filin hortumu denir.

Filler hortumlarını su içmek için kullanır.

Bak bu fil, hortumunun ucunu suya daldırıp suyu hortumuna çekmeye başlıyor.

Tamamı su ile dolunca, hortumunun ucunu ağzına yanaştırıyor.

Sonra da, hortumundaki suyu ağzına püskürtüp içiyor.

Filler hortumlarını ayrıca, koku almak ve bir şeylere dokunup hissetmek için kullanır; tutmak istedikleri şeyleri, tıpkı bir elmiş gibi, hortumlarıyla kavrar.

Bak bu fil, yiyeceği yaprakları toplamak için hortumunu kullanıyor.

Sert ve güçlü fil dişleri

Filler güçlü fil dişlerini değişik şekillerde kullanır.

Bitkilerin köklerini yer altından koparıp çıkarmak için kullanırlar.

Bazen de yorgun hortumlarını fil dişlerinin üzerinde dinlendirirler.

Erkek filler kavga ederken birbirlerine karşı hortumlarını kullanır.

Bak bu filler dişleriyle çamuru kazıyor.
Neden mi? Tuz bulmak için…

Filler, sağlıklı
kalabilmek için
tuz yer.

Fil dili

Filler, hislerini, hareketlerle ve çıkardıkları seslerle ifade eder.

Bu filler, hortumlarını birbirlerine sürterek merhabalaşıyor.

Filler korktuklarında kuyruklarını havaya kaldırır.

Heyecanlandıkları zaman ise kulaklarını hızlı hızlı sallarlar.

Öfkelenmiş filler, bağırır ve yüksek sesler çıkarır.

Filler birbirleriyle insanların duyamayacağı kadar alçak sesler çıkararak iletişim kurar.

Mutlu aileler

Filler, sürü denilen gruplar halinde yaşar.

Bu kalabalık fil sürüsü bir bataklığı geçiyor.

Fil sürülerinde sadece dişi filler ve onların yavruları olur.

Sürüyü genellikle en yaşlı ve en iri dişi idare eder.

Bu en yaşlı dişi fil, sürü hareket ederken ona liderlik eder.

Yaşlı dişi fil, kurak günlerde, suyu nerede bulacağını bilir.

Sürüsü dinlenirken, o dinlenmez, sürüsünü ve etrafı kontrol eder.

Bir nehirden geçerken, en güvenli yerleri bulup oralardan geçerek sürüsüne rehberlik eder.

Erkek filler

Erkek filler, sürülerinde ancak 12 yaşına kadar yer alabilir. Bu yaştan sonra sürüden ayrılmak zorunda kalırlar.

Bazı erkek filler hep yalnız yaşar.

Bazıları ise küçük gruplar halinde beraber yaşar.

Bir erkek fil, dişi bir fil bulmak istediğinde, bir dişi fil sürüsünü ziyaret eder.

Bazen erkek filler, en güçlülerinin hangisi olduğunu görmek için kavgaya tutuşur.

Bu genç erkek filler, kafaları ve dişleriyle birbirlerini itiyor.

Koca bebek

Bir anne fil, bebeğini neredeyse iki yıl boyunca karnında taşır. Sonra, bu resimdeki gibi bir yavru dünyaya gelir.

Bu bir Asya fili yavrusu. Küçük fil yavrularının başlarının tepesinde dağınık kılları olur.

Bir fil yavrusu doğduğunda, sürüdeki filler yaklaşıp onun gelişine sevindiklerini gösterir.

Yeni doğmuş bir fil yavrusu ayağa kalkamazsa, annesi ona yardım eder.

Kısa zaman sonra da bebek fil yürümeye başlar. Annesinin yanından da ayrılmaz.

Bir bebek fil, annesinden günde tam 11 litre süt içebilir.

Bebek filler, hortumlarının ucunu, bir emzik gibi emmekten çok hoşlanır.

Büyümek kolay değil

Bir yavru fil büyürken, sürüdeki daha büyük filler, ona destek olur.

Bu sevimli yavru, daha büyük bir filin altında durarak çok iyi bir gölgelik bulmuş, değil mi?

Eğer bir yavru fil çamura saplanıp kalırsa, diğer filler hemen yardımına koşarak hortumlarıyla onu çekip çıkarır.

Sürünün tüm yetişkin üyeleri, yavru fili tehlikeli aslanlardan da korur.

Yavru filler, yetişkin filleri taklit ede ede kendi kendilerine bakmayı öğrenir.

Bak bu yavru fil, yetişkin filden, otu nasıl koparıp yiyebileceğini öğreniyor.

Dev yiyiciler

Filler, sevdikleri yiyecekleri bulabilmek için çok zaman harcar.

Ağaçları silkeleyerek meyve ve tohumları yere düşürürler.

Hortumlarının ucuyla deste deste ot koparırlar.

Dişlerini ve hortumlarını kullanarak ağaç kabuklarını soyup yerler.

Görüyor musun, ağacın yeşil yapraklarına erişebilmek için bu fil nasıl da ön ayaklarını kaldırıyor!

Bu kadar sert kabuk ve kök yiyince fillerin dişleri de doğal olarak yıpranıyor ama yıprananların yerine yepyeni dişler çıkıyor!

Dinlenme zamanı

Filler her gece birkaç saat uyur. Gündüzleri ise arada sırada uyuklar, bazen de ayakta kestirirler.

Çoğu fil, gözlerini kapatıp ayakta uyur.

Bazıları uyurken ağaç gövdelerine yaslanır.

Bazıları ise yatar, çalılıkları da kendine yastık yapar.

Bazı filler uyurken horlar!

Yere yatmış bu yavru fil dinlenmeye çalışıyor ama diğerlerinin aklı fikri onunla oynamakta.

Şarıl şarıl banyo keyfi

Filler yıkanmak, su içmek ve oynamak için nehirlere ve su birikintilerine uğrar.

Sürüdeki diğer fillerle beraber suya girerler.

Bazen de kendilerini serinletmek için ıslak çamurun içinde bir o yana bir bu yana dönerler.

Sonra da üzerlerine toprak serperek vücutlarını güneşin yakıcı etkisinden korumaya çalışırlar.

Şaşıracaksın belki ama filler harika yüzücülerdir.

Bu Asya fili
denizde yüzüyor.

Hortumunu bir şnorkel gibi kullanarak suyun altında giderken hava almaya devam ediyor.

Filleri koruyalım

Bazı insanlar filleri avlıyor ya da onların yaşadıkları yerleri yok ediyor. Bazı insanlar ise onları korumaya çalışıyor.

Bu genç filler ailelerini kaybetmiş. Doğal ortamlarına dönüp kendi kendilerine bakabilecek yaşa gelinceye kadar bakım altında tutulacaklar.

Bu adam fillere bakıyor ve onlara günde birkaç defa, kocaman biberonlarla süt veriyor.

Bak bu adam da, bebek file gece arkadaşlık etmek için, onun yanında uyuyor.

Bakım altındaki bu filler büyüdükçe yavaş yavaş doğal alanlardaki sürülere katılıyor.

Bu filler, kendilerine bakan bu insanları unutmuyor, yıllar sonra bile hatırlıyor.

Sözlük

Bu kitapta geçen bazı sözcüklerin anlamını bilmiyor olabilirsin. Bu küçük sözlükte bilmediğin bazı sözcüklerin anlamını bulabilirsin.

fil dişi: Filin ağzından dışarı doğru uzanan, uzun, eğri diş.

hortum: Filin bükülebilen, uzun ve güçlü burnu.

savana: Üzerinde çok az ağaç ve çalılığın olduğu, geniş çayırlık alan.

su birikintisi: Hayvanların su içip yıkandıkları su çukuru.

sürü: Birlikte yaşayan, kalabalık veya az sayıdaki filler topluluğu.

yavru fil: Bebek fil. Anne fillerin her hamileliklerinde, çoğunlukla sadece bir yavruları olur.

Dizin

Filler yıkanmaktan çok hoşlanır. Önce suyu hortumlarına çeker, sonra da vücutlarına püskürtürler.

Fotoğraflar
kapak © Ferrero-Labat/ardea.com; s1 © Frans Lanting/FLPA; s2-3 © Martyn Colbeck/Oxford Scientific (OSF)/photolibrary.com; s4-5 © Anup Shah/naturepl.com; s6 © Kevin Schafer/Peter Arnold Images/photolibrary.com; s9 © Image100/ photolibrary.com; s11 © Mark MacEwen/Oxford Scientific (OSF)/photolibrary.com; s12-13 © John Cancalosi/Peter Arnold Images/photolibrary.com; s14 © Robert Harding/Robert Harding Travel/ photolibrary.com; s17 © Chris Johns/National Geographic/Getty Images; s18 © William Albert Allard/National Geographic Stock; s21 © Juergen & Christine Sohns/Picture Press/photolibrary. com; s23 © HEINRICH VAN DEN BERG/WWI/Still Pictures/photolibrary.com; s25 © Martin Harvey/ Peter Arnold Images/photolibrary.com; s27 © Steve Bloom/stevebloom.com; s28 © Jon Hrusa/epa/ Corbis; s31 © Martin Harvey/The Image Bank/Getty Images

Anne Babalara Notlar

Kitaplarımız belirli yaş gruplarına ayrılmıştır ancak her çocuğun ayrı özellikleri olduğunu unutmayınız... Bu nedenle çocuklarınız için kitap seçerken yaşına dikkat etmenin yanı sıra lütfen bireysel gelişim özelliklerini de göz önünde tutunuz.

Okuma yazma etkinlikleri bir yandan çocuğunuzun dil gelişimini hızlandırır, diğer yandan derslerdeki ve çeşitli alanlardaki başarısının temelini oluşturur. Okuma yazma sürecini başarılı bir biçimde gerçekleştiren çocuk, hem kendi duygu ve düşüncelerini daha açık anlatabilecek hem de çevresiyle daha etkili iletişim kurabilecektir. Bu kitaplarla çocuklar arasında kurulan etkileşim, çocukların estetik beğenilerini yükseltecek, yaşam ve insan gerçekliğine ilişkin bilgileri edinmelerine önemli katkılar sağlayacaktır. Böylece çocuklarımızın araştırma yapma ve okuma isteği artacak, yaratıcılığı ve düş gücü gelişecektir.

Bu kitapları okulöncesi dönemdeki çocuklarınız için de kullanabilir, kitapları onlara okuyarak anlatabilirsiniz. Çocuklarınız okumayı öğrendikten sonra aynı kitapları kendi kendilerine okuyup tekrar değerlendirebilirler.

Uçaklar
Fiona Patchett
Yanardağlar
Stephanie Turnbull
Kurbağalar
Anna Milbourne
Neden Yeriz?
Stephanie Turnbull
Tırtıllar ve Kelebekler
Stephanie Turnbull
Örümcekler
Rebecca Gilpin
Yumurtalar ve Civcivler
Fiona Patchett
Denizin Altında
Fiona Patchett
Çöp ve Geri Dönüşüm
Stephanie Turnbull
Atlar ve Poniler
Anna Milbourne
Vücudunuz
Stephanie Turnbull
Uzayda Yaşamak
Katie Daynes
Ayılar
Emma Helbrough
Bitkiler Nasıl Büyür?
Emma Helbrough
Gemiler
Emily Bone
Kediler
Anna Milbourne
Köpekler
Emma Helbrough
Güneş, Ay ve Yıldızlar
Stephanie Turnbull
Gezegenimiz Dünya
Leonie Pratt
Minik Hayvanla
Lucy Bowman
Gece Hayvanları
Susan Meredith
Hava Durumu
Catriona Clarke
Ağaçlar
Lisa Jane Gillespie
Antarktika
Köpekbalıklar
Catriona Clarke